Scholastic

Clifford

Clifford perd une dent

Adaptation de Wendy Cheyette Lewison

Illustrations de John et Sandrina Kurtz

Texte français de Christiane Duchesne

D'après les livres de la série
« Clifford, le gros chien rouge »
de Norman Bridwell.

Les éditions Scholastic

Édition publiée par Les éditions Scholastic, 175 Hillmount Road,
Markham (Ontario) L6C 1Z7.

5 4 3 2 1   Imprimé au Canada   02 03 04 05

Clifford est heureux.

Il a un beau gros os

à mâchouiller.

Tout à coup,

il lâche son os.

— Oh, oh! dit-il.

J'ai une dent qui bouge.

Clifford n'a jamais senti
une de ses dents bouger.
Elle branle.
Elle est toute lâche.
Clifford est inquiet.

— Ne t'en fais pas,

Clifford, dit Émilie.

C'est une dent de bébé.

Quand elle sera tombée,

une nouvelle dent va pousser.

— Tu vois? ajoute Émilie.

Ce sont mes nouvelles dents!

Émilie entre dans la maison.

Elle revient aussitôt, une boîte

dans les mains.

Dans la boîte, il y a une pièce
de vingt-cinq sous.

— La fée des dents est venue chercher
ma vieille dent, dit Émilie. Regarde ce
qu'elle a laissé sous mon oreiller.

Clifford admire la pièce brillante.
Peut-être que la fée des dents laissera
quelque chose pour lui aussi!

Il court voir Nonosse et Cléo.

— Hum, fait Cléo.

On pourrait l'aider à tomber,

ta dent...

— Comment?

demande Clifford.

— En tirant dessus! dit Cléo.

— Oh non! dit Clifford.

—Tu pourrais éternuer,

dit Nonosse. Mais...

... ça ne plairait pas

à madame Ronchon.

— Si tu essayais de la gomme
à mâcher? dit Cléo.

— Des tonnes et des tonnes

de gomme à mâcher! ajoute-t-elle.

Clifford pense à la gomme à mâcher.

Il pense à toutes les bulles

qu'il ferait. De grosses bulles,

de très grosses bulles,

d'énormes bulles!

Pop! feraient les bulles.

Ce serait un désastre!

— Merci pour toutes vos idées,

dit Clifford à ses amis.

Mais Clifford va attendre que
sa dent tombe toute seule.
C'est difficile d'attendre...

Et un beau jour,

elle tombe!

Ce soir-là, Clifford place

sa dent sous son oreiller.

Le lendemain matin,

Clifford découvre un superbe cadeau

de la fée des dents.

La fée des dents a offert la dent de Clifford à monsieur et madame Narval pour leur magasin.

Tout le monde peut
y admirer la grosse dent
de Clifford!

Tu te souviens?

Encercle la bonne réponse.

1. Quand Clifford sent bouger sa dent,
   il est en train de mâchouiller…
   a. un moustique
   b. un os
   c. une balle

2. Cléo et _____ pensent à toutes sortes
   de façons de faire tomber la dent.
   a. Roméo
   b. Peluche
   c. Nonosse

Qu'arrive-t-il en premier? (1)
Qu'arrive-t-il ensuite? (2)
Qu'arrive-t-il à la fin? (3)
**Écris 1, 2 ou 3 dans l'espace qui suit
chaque phrase.**

La fée des dents donne un os à Clifford.   _____

Émilie montre à Clifford sa pièce de vingt-cinq sous. _____

Clifford imagine qu'il gonfle une énorme bulle.   _____

Réponses :

Clifford imagine qu'il gonfle une énorme bulle. (2)
Émilie montre à Clifford sa pièce de vingt-cinq sous. (1)
La fée des dents donne un os à Clifford. (3)
1. b; 2. c